JN122770

歌集

月華の濤

三浦利晴

Miura Toshiharu

六花書林

月華の濤 * 目次

I

II

Ⅲ

月華の濤

装幀　真田幸治

I

リラ冷え

わが肩に汝の手がありなめらかにリラ冷えそぞろ引き込まれゆく

リラ冷えのほんのり匂うこの香り寡黙になりがちのみならず今日

リラ冷えにかくもくうくう鳩が鳴くうすい酸素の街の夕暮れ

木造の舟の竜骨おどろきの朽ちていくのに哀歌ともなう

捨てられた犬がおりおり振り返り黄昏ふかく塗り込まれゆく

よしもがな大根一本ぶら下げておんなは歩く不信あるやに

白樺の樹肌指さし白いこと一生《ひとよ》かわらぬ重荷と思う

いつよりか面伏せわすれ自が糞を嫗に持たすチワワ三匹

廃鉱

降りやまぬ雨に朱色の傘をさし坂また坂の廃鉱へ行く

廃鉱の穴に墜ちたか声のみの告げるこおろぎ助けなくては

羽根を擦る身抜けの声のこおろぎの怒声とちがう苦行の声ぞ

舞い散りし枯葉また降る廃鉱の身捨つるほどの空を見ている

湧き出づる坑底《しき》の水かさとめどなく紫檀の柩、断念せよと

閃めける雷にかまわず廃鉱のうすい冷気が曲らずのぼる

廃鉱の月下にありて熊笹の見ろ恥辱のごとくかがやく

廃鉱に殉じた人の墓のまえ地鳴りするがにふかき闇知る

寒唱

助宗は棒鱈となり棒鱈は珍味となりてマヨネーズ塗る

戸はやっと憚る雪をかき分けてレールを走りやっと安らぐ

其処此処にマスクをつけた臆面の雪つよくふるよろめきながら

キチキチと噛み合う寒波のモノローグ読みさし記事の老残はなに

かろうじて踏まずにすんだこおろぎの亡骸ぼうと翳むばかりに

回想

母いわく思い入れつよく十五夜にお前を産んだ、自信たっぷり

血管のか細いもろい知りつくす母の点滴、もれず下向す

胸水の溜る喘ぎの息づかい酸素マスクを母またはずす

臨終の目許すがしく母はいまあらんかぎりに雪を見ていた

最後までよく頑張ったねとひとこえを母の額に手のひらを置く

家路へと雪のわだちに急くがまま母の亡骸ぬくもり放つ

死ぬことは簡潔あらず長寿とや明治生まれの母のことだま

なんとなく雪のふる夜の走り書き思わず母に逢いたしと書く

角巻きに顔を埋めての母が来る、なれど去りゆく夢のなかにて

明治より脚本なしに納まりて怖いことなど母になかった

逝きしより十七年経ちし母、存命ならば百十歳の

水栽培

ああ空が見えぬこの場の暮らしぶり水耕野菜は地獄とおもう

陽の色のＬＥＤに目をこらす水耕野菜に夜などないか

水耕の野菜はいつも立ちつくし四季が無いのに絮毛をさがす

水耕の太陽灯が気にくわぬ、ともに無口の拳振るかな

水耕の安全性をたわむ声、まことの風景傾いてゆく

立ち泳ぐ液肥のなかに生かされて真水が欲しい水耕野菜は

叫べども非力の根元浮いたままぼんやり光る水耕野菜は

雲映りいたる畠の水たまり水耕野菜は恋しく思う

放牧

これよりは虹の張りたるまのあたり牛は浮くかに空間をいく

軽やかに一歩のはずがたたら踏む肥沃に育つ草に見惚れて

足取りが突っ張り気味にとことこと呼べば子牛は我に添いくる

頭を下げて上目遣いに寄ってくる牛の純粋にわかに親し

首を振る首を揺らして搾乳の牛の肩口ほっとくつろぐ

鼻先をぬうとつきだす牛一頭ねころぶわれにハイタッチする

たそがれに牛の個体がかすみだしやがて消えゆく妄想もまた

脱糞をひねもすのたり牛の群れ闊歩さながら落として行ける

神がいる牛にとってはサプライズ慈悲のさわりを反芻しきり

聞き分ける子牛のひかる愛嬌の鼻紋をわれに押しつけてくる

どの牛もかくあれかしのひとまずをおののく出荷眼窩鋭く

限られた生とはえぐい牛たちの出荷の前の星乱れ見る

命断つさとりの霊気どの牛も出荷名のもと引かれいくなり

解体の牛の部位知る品定めどの面下げてとても食えない

閑話

よぎりゆく貌のさまざまリスクあり妥協しがたく束の間避ける

血の色のもみじが映る湯の面に頭いくつか雑念に浮く

乳色のニセアカシアの房花のちぎれんばかりにせりあがる見ゆ

やっと手に入れたスーツは積極的にはたちのわれを励ましていた

三年もかけた味噌漬け大根をわれはまことにおそれて噛めり

のっぺりと顔の世わたりああいやだ言ってどうなるへこんで眠る

くさぐさの乱れとびつく身のまわり人間嫌いの椅子にてねむる

奴よりは先に死なぬぞともに老い、奴のその死が朝刊に載る

端然と自作の棺におさまった祖父との握手、ほっとぬくもる

掘り進む雪のその底蒼く冴え名残とどめる神さまがいた

たったいま人のいたあとするすると影が抜けきて莫迦と言わしむ

月華

秋冷の月華にかざすわがいのち歌のつなぎ目ふいなるしじま

踏まれても起きて弛やか刺草に月華眩《くら》める種子《たね》を残せと

水流に月華は消えるごときかな因果応報暮らしなりしか

わがからだ喜気と月華に伸びれども生きる執着つくばいながら

高齢の生きるけわしさおもんみるときに見限り踏み違いつつ

老い耄れの才は働く安堵こそ磁気放ちつつ生きて斯くあり

あやまちの胸の切っ先透かし見る月華を仰ぎモラルとはなに

ふるさとは杳く月華に沈む街、ひと生《よ》の自問、精を切らしぬ

断片的

スプリング欠けたソファに坐るとて立つのに反動、二度繰り返す

どんぴしゃり言うては石を蹴り起こし慌てふためく百足見ている

忌み嫌う人から人のシルエット、ラッシュアワーに流されていく

ゆったりと笑みを泛べるまどろみのやがて熟睡乾し草のなか

言わずとも春の来るのが待ち遠しい木々らも同じ人を見ている

里想う老いの生きざま騒立ちて多分ずれてる出口入口

たおれても樹骸は研ぎぬ足元の熊笹ともに話をしたい

うつつにも父母が来たかと帰依のごと雪を被りしあららぎ一本

先立つ友

ようこそと寝たきり友に声をかけどう切り出すか生唾をのむ

故郷をつぶさに語りまだ足りず病の友はハイタッチする

杖をつき地を踏み歩く願望をもはや無理だな友の顔見て

寝たきりの空を見飽きた静まりにしわぶき一つガラス戸揺らす

か細くも起きてすぐさま襟立てる友の無念を告げることなく

友一途瞳孔反応消しわすれこの世の空をいちめんに見ゆ

教え子に柩かつがれ瞑目の友は殊なしこれでやすらぐ

逝く友は本のどこぞを読み止して星になるため駆け抜けてゆく

陽の立つ

ひそやかな暮らしをのぞむ念押しの陽の立つ寺の前へ往き来す

天を指し声なく逝った父おもう生きてたまゆらわれは流離う

はて不思議父の寿命の倍生きるわれのありよう居住まい正す

父の死後七十二年の呼吸《いき》づかい横隔膜がわれをふるわす

今生きて百十四歳になるはずの父の遺影をおそれつつ拭く

生前の父との握手いくばくも手触りすらも思い出せない

身についた父の教えに立つこころ鼻梁高めに誇りわれ知る

幻の父は無碍にもいつの日かかの世脱け来よ寝ねかてに待つ

終戦寸描

十二歳、少年われは竹槍を持って討てるか、いまも言いたい

どの人も腹を空かしてちからなく玉音放送地に伏して聞く

戦争の死者は空から風に乗りひとを家族のように見ていく

省略はかなしいものよ負けいくさ東京裁判処刑を急ぐ

後味がいい訳ないね茶を啜る　終戦飢餓を言わずなるまい

あらがいの災禍ならずも迎え撃つ平和に犠牲およびがたしも

草叢にふっと腹這い生きんかなアカツメクサの花の蜜吸う

ひもじいの互い言葉どの貌も眼光するどく飢餓にわななく

食糧の統制のなかの買い出しに田園の道をとぼとぼ歩く

買い出しの話ひそやか耳打ちの闇米密か夜に持ち込む

たっぷりと水を打っての路上にてかしわ並べる闇の売り声

焦れったくいつになったら銀舎利を日々雑炊のたどたどしけれ

五分刈りの頭が畑に分け入りて大根一本盗み食いする

有毒のメチルアルコール知らず飲みあわれ失明どこぞの誰か

遅かれ早かれ

比喩としてためらうイナバのシロウサギ健康法を乾布摩擦に

黒き水よどむ雪消を見透かすか古靴脱げばうすく湯気立つ

どの恋も騙し絵のなか桃ひとつ転がるたびに恵比須顔する

アリマキの腹端分泌の蜜を吸う呼べとこしえの蟻ら乱るる

生まれつきあてがいぶちの腎臓が一つのみとは生きてやぶさか

知らぬ間に蜥蜴の尻尾だとしても働き好きのわが影あゆむ

糠味噌をしごき洗いし大根の白き歯ごたえこころ足りよき

鶴嘴がブラックアイスの瘡蓋をこよなく剝がしひとり遊びす

吉兆

起き抜けに輪廻転生しろがねの雪は吉兆、息ふかく吸う

新雪に畏れ踏み出す生きざまをおのずと神妙こころえて行く

こは初日　頷きながら凍み氷る頭蓋のなかの生者幾人

たちどころ咲くや樹氷に、おお神よ、身は高齢の鳥肌が立つ

日々寒いなれど目につく暖色のミカンの山に絵心が湧く

のみ下すたびに緊まるや首すじにわらいめくかな熱燗をのむ

何と無くうまくいくならこの時節、オンザロックの氷塊鳴らす

ぼんやりと雪を見ていて転た寝のそこに亡き父母座して動かず

束の間の

あばれ骨あらわに恥じる廃屋のつらら爪弾く束の間の晴れ

寒がりの柱時計の手のうちはしたたか数を減らして鳴らす

血管の収斂するがに強火にてバターを溶かす　寒波及ぶも

切り倒す松の枝葉の雪が舞い忘れえぬまでこだま翔びにき

晩年のすこし孤独のかげれるをアンモナイトに艶出しかける

久しぶり鮭のルイベを食べたいな言うことといえば諦めがつく

氷柱には背筋鳥肌搔き立てる短剣もどきの下に立つとき

軒先の氷柱が靡くわれ先にほのか未生の鍵になるやも

これ確か

待ったなし息衝く思いこれ確かのべつまくなし雪掻きつづく

降りしきる雪に愕然雪掻きのいや増すちから熱気を放つ

挨拶の言い分おなじ雪国の人は寒がる　われも寒がる

いつの日も吹雪に揺れるハウスなかセレブの苺坐り直しぬ

もろの手を「虹になりたい」原発の地下水脈のこぞる声する

こわされた虹のかけらに幾年《いくとせ》の自分史つづる戒めとして
潤いは無いよりあれば幾曲り笑い、悲しむ惑いもあらね

II

月華の濤

瞑想の月華の濤はただ無色、人生未踏のはじまりを知る

かざし見る月華の濤に望郷の透けゆく水のごとき過去あり

乾されいる薯はめいめい呼び名持ち、月華の濤にこぞりてうたう

薯どれも姿かたちの差別なく月華の濤にごろ寝たのしむ

窓あけて月華の濤をあふらしめ稚い神が鬼灯鳴らす

待ち人は妻しかおらず照り映えの月華の濤の家路をいそぐ

ふるさとの月華の濤を見はるかす仏陀の経は死者呼び覚ます

南無三宝、月華の濤によろこびの坐る地上のわが誕生日

山菜

蕗の薹まずは透かして選び採るふいに湧きくる恋のエラーも

茹で青い渋い蘞《えぐ》いのこごみをばふっくら食べて転た寝もよし

息つめて会者定離を言わずとも香りがいのち里の山独活

浜防風ひとくち噛めばセリ科なりふたくち噛めば好奇を充たす

写し取る二重の虹にいきおいの翼濡ればやわらび生えだす

雪解けの根曲り竹のたけのこは生まれ来たこと賢治に告げる

山菜を見さかいなくも摘む指に張り付く衝動しばし撫でやる

咲きだした浜えんどうに首のべて啄むようにわれは寝そべり

うららかに雲雀は揚がるその真下産みたて卵三個たしかむ

頭陀袋下げてふるえる崖に立ち山独活五本の凱歌を挙げる

崖っ縁に身をば傾げる独活の根は癒しの雨に早く濡れたい

白樺の林にやおら生えだしたぜんまい摘むと羊歯の匂いす

北西の山は肥沃ぞ目を見張るにわか出し抜け青蕗の群れ

すっぱりと斬れば途端に青蕗の溜めたいのちの水を奔らす

朋友知己

生き替り死に替りして混沌をうべなうべしやまたさくら咲く

ガラス戸に湯気を曇らせ死ぬもよしリラ咲く空に向ける亡軀

知己の沙汰こころに深く詫びながら聞くがに声のしだいに爆ぜる

知己らみな老いを受けとめ身じろかず物象込めて言う者は言う

放っても口に入らぬ豆菓子の入らずじまいを無念に思う

身の厚い切り分けメロンに目を逸らすメロン嫌いの性分ならば

どの友も名もないやから過疎化には飽かず空見て滅びんとす

身じろげば竹馬の友のまたひとり遠視の眼鏡はずして死ねり

茹でたての歯触り甘いアスパラを歯の無い友は泣き出しそうな

友らみなどうでもいいよな顔つきの往生際はぴんぴんころりを

まばたきに思いがあらな元美女の友より自慢の梅漬けもらう

白百合の香りに蝶はあなかしこ廃屋庭にしばしゆるびぬ

老いたとてトマト出荷の腰ちから痛み吐かずに友の摺り足

見納めの里の夕映えこそよけれ見つづけるわれのまなこ衰う

事象

安保法、言葉の上に言葉なくしっかりウエスト締めて立ちなよ

ニット帽、被ったままの食事とはマナーシステム壊れているな

正座せず肘つく食事和にあらず生きて虜囚リセットしたら

好きなもの選んで食べる貪欲な電飾文字を食べ散らかして

脱帽は礼儀のきまり師のかげを踏んで気付くや誰か言うまで

目を凝らす

ああ天に出会い直しをしてみたい、月は一つに、思い一つに

喪に服す友の家ではワイルドに山菜おこわを共に食べ合う

日向より日陰がつよいどぶ板をつよく踏み抜きわれは手をつく

矢のようにダッシュしてゆく蜻蛉にわれは弾めり川縁を行く

いま里はリニューアルには程遠い夜の底いに黄のカンナ咲く

一体全体

根元よりキャベツを切れば嗚呼水がまこと清らか翳りもあらず

身じろぎの残余の眺め見るにつけ働きづめの血がさわぎだす

混沌の言葉飾りにふりむかぬふいに見せたいわれの素顔を

ものおもうこの世の継ぎ目ただ白くねむる眠れぬ病室の壁

魂のかたちハレルヤ言いつつも老い耄けながら眠る日もある

物言わぬ秋

電磁波に梳かれ果てたか人間味、揺れつつさわがし菊の花生く

無理押しの言葉の上に優越ありならば余白をみどりに塗ろう

仕方なく長夜の雨の摩天楼は酸素のうすい墓標とおもう

マンションの祝祭はらむ灯の明かり言いようもない愛のくらさが

人とひとひらく空間、高速のエレベーターにつばさかくして

いとなみ

野鳥らの捕食が怖いこおろぎのためにシャッター少し開けおく

秋空に屈めるからだ伸ばしたい骨も伸ばそう高みよすがな

舌打ちにまどう老後の慰めは　月のゆうべの樹々の音なり

生き急ぐ足をそろえるだがしかし死を撥ねのけてもみじに綴ぶ

なけなしのこの世和解のそこごもる言いつつわれはもみじを翳す

わびしいと言うのは嘘だ里人よ、黄葉紅葉が身を打ち鳴らす

いっぺんに捲れあがって此所彼所もみじ燃えたつ火の匂いする

踝がどうもどうもと笑わせる足湯に洒落る、関わりを持つ

雪の浮き彫り

いつの日も景気を探る土踏まず浮きつ沈みつあくがるな夢

滅相もないのに気づく言の葉の遅々なり春の朝の陽を浴ぶ

明らかに帰依のない日々振り向けば身に穿つかの氷柱が光る

転倒はブラックアイスの路上にてもがく途切れるわれの心音

善悪を説くのはやさしいつの日か自分の梯子外してしまう

ふるさとの思いつきつめはにかみの指紋リアルに押すやガラス戸

にせもののも迷えるもののも雪まみれしろがねなして地下の駅舎へ

ホワイトアウト

症例のホワイトアウトに犯されて過疎地に孤立、力およばず
地吹雪に体の予熱げに老化、されどやみくも迎え撃つかな

リメークはホワイトアウトの企てか、ときにあらわに視野埋めつくす

ダッシュ時を今かと雪にコンセプト手はハンドルを勢い煽る

身は凍え万事休すの遭遇のホワイトアウトは妻には告げず

無下の

身がひとつリアルに飢えて生き継ぐを雪に直線　鹿の足跡

空き腹のリアクションに首を振る鹿の四つ足たたまれてゆく

樹の皮を薄く割くなり食う鹿のこつこつ音の反芻しきり

好きなだけ夢見て食べる熊笹の鹿は腹這い死はいつ訪れむ

身はよじりやおらのけぞる老い鹿の雪庇もろとも落下していく

芽吹き待つ契りたしかの白樺は雪を脱ぎ捨て戦ぐがにいる

白樺の肌いとけなくうなだれてしんじつ何を雨に濡れいる

老木の生きざま誰も弁じないついに凍裂　切り株残す

崖っ縁、小径往き交う寒暖のおもざし見せて福寿草咲く

目の歪み直して見えるもう春か残雪まじりの土を手に盛る

淡雪のしたたる音の立ち消えてやたらに眠い声など聞こゆ

いま春の老い就く者ら貝味のうどんを啜る口あけながら

ゆったりとフィトンチッドをうながして巨木の松の真下を歩く

せめて陽を背に暖めて知らぬ間に春のふかみにわれわれ横たわる

ひとの死を敬う立場、　まだ咲かぬ紫陽花つよく動かし揺する

誰と誰きわまるところ死はそこに菜花手向けて瞑目をせり

求め止まない

たまゆらを求め止まない下草がひかる蜘蛛糸ぐいと引き合う

日向にはこの世のひとをまちわびる片栗咲くを一方《ひとがた》に向く

子狐のように鍵っ子走りだし切手のなかの鳥を追いだす

何時しかにピアスを揺らすおのがじしそれが男か空き缶を蹴る

北国のあてがいぶちの日溜りを知って素知らぬ人もペットも

いみじくも言い得た強気の詫び姿たちまち水のせせらぎに消ゆ

鼻・耳に金輪を下げるわかものよ本気度何を牛が問い聞く

人はひと苦労のちがうその度合い飯は湯気ごとわれは食べおり

屈みこみ花を愛で合う独り言、入り日のなかの老婆がひとり

黎明にかつての産湯の川べりをわれは脛まで濡らして歩く

炭鉱跡

老木のかたむく度合い休みなくカメラアングル上に向けても

炭鉱《やま》跡の静まりここにややまして炭坑節を無気味にうたう

雷鳴に微細にふるえ朝顔はだあれもいない炭鉱《やま》跡に咲く

うつろなる深傷のようにサルビアを咲かす炭鉱《やま》跡見つつ歩むも

百合の香の包むふくらみ暫くは思いはなんぞ木洩れ日に立つ

わたつみの石炭埋蔵あるにある掘らずに閉じる　追善供養も

閉山の記憶のずれがあとさきに怪我が証しの痕を見せ合う

どの貌も嘘のつけない元坑夫　詮無いものを呱々の声上ぐ

また会えておもい見るかな別れ際、俺は帰るよきっぱりと言う

まだ生きる生かしめたまえ今生の別れのごとくわれは手を振る

里の夏

山菜の育つ山なみ暑さなかいよよかぼそく蟬が鳴き出す

のどごしの冷えた清水をつづけざまわたしは誰か甘露のわたし

ひるひなか暑い暑いのもぎたての胡瓜に味噌をつけて食べ良し

これ鰻箸もて押さえ頼むからほど好い値段はいつになるかな

せせらぎに手も無く眠るわれのこと笹の小舟は亡母《はは》が繰り出す

澄みわたる水に差し入れ手を染める、かつての産湯の川と語らう

すさまじく繁るいたどり道ふさぐ石の鳥居にわれは近づく

ふるさとの人はゆかしく無口とやだったとしてもわれは去りゆく

秋を見る

いらだちを断つのはやはり大の字に秋野に寝ます甘美になれる

里山の南瓜は実に旨すぎて独楽のごとくに舌をまろばす

ひとだかり囲む輪の中ほころびの仏はすでに花に憩えり

秋すでに冥府にありてバーコードつけた柩が目白押しなり

喉元をぐぐっと言わせ少しずつ利き酒ちびり首埋めたまま

サンプルが本物よりも際立ちて問いたかぶれるアクセントかな

遠ざかるたびに手招く電飾の今だけ媚びる明日はどうなる

人生を語れば長いはしたない思うことあり出口は無いな

そうとも

ひとかたの影にも似たりまぎれなく引っかき傷がドアに残れり

その影が長くもの言う独りごとささくれ立ちて死者が生者に

長きもの馬そのものが尿放つ見ていて告げるなんぴともなし

あやぶむも揺れてしばしの吹きおろし波は長らく唄って果てる

ひとすじの長きものこそ化身ぞえ湖耀えばしろへび泳ぐ

長々と透けゆく水の過去知るやそのひとつらを呑みたく思う

ひとはみな人生半ば手をつかね、夢の円周歪めてしまう

言わずとも秋の夜長に身を反らし捕縄まがいの帯を解くひと

ひとこま

押しあいの雨に打たれた病葉の思い出せない街の匂いを

誇張が少しどころか手をひろげ捕えた蛇はこれより長い

一日はほんのつかの間、寝るときは憂さを繕いみずから嗤う

乾し草の鼻孔にあまい初恋を誰にも言わぬわれにわれ言う

みちみちた月が笑っているような愛の擦り傷目立つフレスコ

昏れ方に背が縮むのか踏まず見るどうしたことか靴が脱げない

長短のそれがわが影たましいをとんとん打てど屈葬のかたち

紅葉日記

すり減らすこの身やすらうくれないのもみじが熱い照らす足元

贅沢にもみじが映えるこの道を老いが引き摺る幾山坂を

生唾をのんで降りくるもみじ葉を見事にキャッチ鼻うた唄う

燃え尽きたもみじ手もなく風に乗りかの夢いずこ運ばれてゆく

咆哮の一夜の風に散るもみじ見る者おもく顔にただよう

このはずく野太く鳴くを電話口、もみじに我はお休みなさい

比喩的に生きるプランが空回り世相の窓をひらく日々あり

除夜の鐘

生き甲斐の気負いは少しつつましく思い包むや除夜の鐘の音

寝ねすぎの身を起こしてのまた一つ齢《よわい》重ねて四股つよく踏む

数えどし八十八歳のたましいを極め路傍の雪にかがやく

迷い顔見せてはならぬ安穏を目指すゆるやかわれ迷いゆく

カレー煮の馬の内臓これ旨い予断持たずにほめそやすなり

握るたび潜む声なく一筋の融ける雪水、虹におもうよ

ひとけ無く過疎地に降れる新雪を清める塩のごとく振り撒く

ああ天にとどけと杜に拍手をされば未来へきざすこだまよ

何はさておき

身構える寒の入りとはひりひりの陽は蒼色のかげろうゆらぐ

振り向けば雪巻き上げて太々と魚眼のごときわが靴跡を消す

友ひとりバジルの粉を嗅ぎながら豪雪我慢の声しぼり出す

重ね置く約束ごとはいずれまた雪かきをする挽歌を詠もう

もう飽きた言いつつ友の捨てかねるロイド眼鏡に鼻息かかる

地吹雪に人を追うがに心拍のリズムは揺れる視野も上下に

長生きを讃えてなにか人の言う大寒よかれ老境に入る

背丈越す雪を眺めて礼状を妄言多謝と書いてしまえり

春はまだ

スランプの思い惑いて幾曲り馬の背となる雪路を行く

モナ・リザの笑みにも似たり雪を割るのべる手元に水仙芽立つ

神さまのあとであとでの約束の若き孤独のシンバルは鳴る

オミットをされた悔しさ断つと言う飛沫を上げる滝を見てのち

ひと前の貧乏ゆすりは木賊原、少しの風に灼く音つづく

老いたるはいやいや拒む麩の如く浮いて突かれていのちに触れる

てのひらの窪みにこらえ弾むかなレタスの種をハウスに蒔きぬ

こころもち足元少し浮かし見るまろび圧し合う雪解けの水

点描

甘やかす日々の暮らしは昨日までわれ軽快に鍬を振り上ぐ

ひまわりの種子は支配を忌み嫌う今や脱兎の君のほかには

どう見てもさやかに見える小松菜は間引きの咎に早く逃げたい

ストレスは人もわれもが乱世の見透かすそこにさくら花びら

悪口は脚色まがいにふえだして春はやっぱり嘘をついてる

声もたぬビニール袋の隠しごと畳むときだけ鬱を吐きだす

願わくは管《くだ》をつけずにこころ根はぴんぴんころりと言い募るのみ

かなしみの前にいのちを醸したい電飾文字に裏打ちされて

まばたき

羅針盤どこに向けたかまばたきの七十二回忌の父と向き合う

ふと知るやひとの遺した生きざまの　池の魚の跳ねる音する

身は竦む膝の痛みの不惑なるこの右足がアクセルを踏む

コーヒーをこぼした服のひと形の古代がらみの人佇ちつくす

むきだしの快気はこれだソルダムの花は車道へ咲き零れ落つ

泣き終えて人は無性にああ風が　リンゴの花の散り際がいい

何時も事、黒き目張りのパンダ似の見てる見てない一日終る

葉月三日

明け初めの子の死を知らすテレフォンに打ち砕かれて腰から沈む

反り気味に言わず語らずきっちりと死の硬直は言うに及ばず

ゆるぎなくまなこ閉じたる子の屍、鼻梁保ちて語ることなく

まがなしく残余のいのちこもらえば言いたい何をのみどにのこす

目を閉じて語らぬむくろ愚かにて言いたい何をならば言わずに

遺書を見てなぜに書き置く嘆かえば耳立ち聡くこころ虚ろに

子の死ぬを記憶は消えぬ親として気概分別爆ぜしてよぎる

かなしみの風を立たせる仏界の「生者必滅」死してねむらす

生きてこそ命の重み知り得ても死の烙印を誰に押された

無情なる砂を地上にぶちまける視界絶つかにひと世《よ》の別れ

死者ひとりおくびも出ない観音の手招く月のかんばせ怖し

夢の夢、血を頒ちたる子と共に饒舌乞うも許されがたし

長押にて掲げる遺影の人生の残像やわらぐごとく陽の射す

子のためにつなぐあの世のあれかしを待てど変らぬ目覚ましの音

吊したる南部風鈴鳴るしじま亡き子が揺らすわれのみ聞こゆ

取りたてるその面ざしに向き合いの子の墓ともにわれらも並ぶ

時がたちこれが絆かひまわりの芯そそり立つ「子の来世」は

銀色の雲のうら側見れないが西方浄土の野はしずかなり

直心院篤実誉道居士

＊子三浦誉・平成30年8月3日死去（44歳）

Ⅲ

憐れむ

ぎこちない渚を歩くその素足、虎の尾を踏むごとくおそるる
一段と艶めく笑みをそそのかす愛の型抜きそれは木洩れ日

カーテンをあけて占う一日の応答鳴るや風鈴ひとつ

顔を見ずその場限りの声のみの扉越しには冗句をとばす

音信はとうに断ったのこの惑いならばこの坂降りて行きます

かざし合うなれど恋するおぼえなくマロングラッセ舌に転ばす

折れそうな細いからだの向日葵の陽にかぶりつきすっと立ち行く

肉よりも野菜ゆたかに食べ合えば知らぬ人とて音便約す

ハイタッチ

起きだした君とわれとのハイタッチ生きる証しに十戒満つる

べったりと座るわが顔君の顔、覇気ある暮らし声をかけ合う

ひと蹴りのつよさが残る生きかたのこころ宥めの抑制しつつ

どう見ても老いを酔わしむ輝きの時世《ときよ》を超える白百合の花

わけもなく小さくなりぬ力瘤、空の青みにすこしふくらむ

いくばくのいとまもあらず野暮気味に冷たい過去にふれたく思う

おどろきはビニール袋が自立する空にふんわり浄土を目指す

ひまわりの花満開になりしだい物象絶ちて棺置くところ

アタック

秋の風われと思いて手の平のサプリメントを攫っていきぬ

言霊よ言ってくれぬか吊橋のつづくこのさき辛抱せよと

銭かねで買えぬいきざまくさぐさの見るに忍びず時の病葉

端然とおかずの好み南無釈迦と煙のなかの秋刀魚取り出す

さしあたり焦点ぼかす稲光り押すやめがしら誰か死ぬかも

このまひる高々描く枝折れのもみじあやふし街を見下ろす

もみじ葉の痛点いたく着火して過疎地を燃やす秋の終りを

紅葉のおさまり喘ぐ夕まぐれ廃屋やおら泣きだしはじむ

雨が止み目にはとどけのよりかかるもみじが語るむかし話を
気紛れな人間模様に火をつけるもみじの敵意君のほかには
軽率に笑う真っ赤なもみじ葉に死者の眼差しみなころされる

枯葉降る過疎の街並み嗚咽して死者生者も呼びいだすこと

そのむかし「自分」と「誰か」の境目にほんのしばらく土間匂い立つ

脳天がふっと語らず人知れず酔えばするなり武装解くかな

生地これあり

紅葉の染まる顔なり隠り世の悪鬼のごとく生きて如何にも

渦をなす銀杏もみじを分け進む傘をさしくるわれとその妻

落葉踏む音のさやふる突端の小さな墓にわれらをまねく

もみじ散るこの世の秋のこの里に山姫が来る陽の斑の道を

金色の鍵もてひらくわが生地、渇く靴音、還る気が急く

もみじ葉をポケットいっぱい溢らせて幽かなリズム飽かず聴き入る

思い出すもののかずかず過疎地にて艶めく神使の鹿に出会えり

ひっそりと暮れる生地にただ一度、挽歌をうたい路地を行きゆく

あらたまる

執着のめでたい言葉「明けまして」声が図太い過疎の人らは

無造作に千切ったネギを沸騰の鍋に投げ込む妻の味噌汁

言葉なく日々倦むなれど雪かきの肺がん癒えた妻を気づかう

雪かきの御八つのメニュー甲高いピーナッツ入りの煎餅を食らう

名にし負う平和はなにかもがりぶえ格差社会はここぞと吹けり

ただ白い雪を蹴ちらし狭量のおのが色とはにごれる青み

国債はその実借金いや増してペンギン歩きに思えるものを

塩鮭の塩抜くままにうなだれて生地に立てば亡父《ちち》叱る声

鋤焼き

平成史の終りが近いこの夕べ雪かきあとの妻の鋤焼き

ひとりして思考つかれの飽きし顔、つよめの雪の標的に遭う

むっくりと尾花音なくひるがえり柩見送る雪の晴れ間の

まずもって長生き問われ氷柱をばすこんすこんと叩いて落とす

雪かきは四股踏むごとく精を切らし酸素不足を言いて嘆かむ

だから何

サンピラー燃え立つ時にさざれ雪この身挽くかに滝のごとく差す

宙に浮くつよいきずなのサンピラー孤立無援の村になみだつ

サンピラー明日を彫りだす残像の何が起きるかひとのめぐりも

雲海の裂け目に残生終ぞなくあわれサンピラー散りゆくばかり

地吹雪に魔物が見える迂闊にもあらため見れば狐だったか

凍土より福寿草をば掘り出して空中静止のままに咲かせり

雪割りの融ける日溜り川となりうごきの鈍いわが靴洗う

人の目の潤みいるなか無視できぬ子守りうた聴く知らん顔して

芳しい

山菜も「令和」となれば芳しい不審者われを鹿が見て立つ

韮に似たつよい香りのふるさとの行者にんにくやっと手に採る

あらがいのあふるる水が切り口に瞬時に涸れる蕗の果てかた

採ることに痛みともなう楤の芽の棘は刺すため自衛のためぞ

根の白い独活を掘り終え崖下に一日分の汗かきながす

凭れいて動作をつける反射的、蕨のこぶしすでに丸々

「浜風防」嚙めばセロリのそのものを教えてくれた彼は鬼籍だ

ほほえみは余裕とちがう山菜に似たる日焼けのわれはわれなり

つよがり

生煮えの言葉は掲ぐおずおずと受けて心音言えぬまま退く

疲れてもそれがしばらく懐手言わずつよがる今あるわれは

老獪に負けた悔しさわが恣意は丑三時に覚めて身じろぐ

紺色の洗いざらしに身を包み人体模型のわれは野に立つ

思いなしたましい一つが狼狽える踏んで飽きない生地の跡を

だれかれの胸に十字架あることのこころ貧しくおさまり睡る

おもいきり主体ねこそぎ畳まれて馬の脱糞立ちつくし見る

神憑る野山の花のもとに来て人間くさいことをわすれる

名残

終戦のその折ふしを浄めたく喋りたいわれひくくうそぶく

敗北の飢えの日々をば水腹のななめ歩きの戦禍忘れず

八月の戦後史いまだ紐解いて平和の夜明けかくも波立つ

指し示す演者の手から鳩が翔び脱けた羽毛は客の目を引く

解釈のいらないい平和あるにあるいっぽん道に電柱建たす

地に低く平穏不在のたましいは天になげかうひとの散骨

スマートフォン額に当てて迷夢とやうつそみ過ぎて騙し声とは

生と死の地球時間に戸惑いをこの径いけり過疎のひとむら

日常のとき

這うように猛暑もろとも掘り出した砂地の薯の産声を聴く

薯掘りを終えてその場は夕くらき空もろともに雨にうるおう

キリギリス、バッタも絶えて蟬の声待てど沙汰無し秋野菜蒔く

貼り足して継ぎ足すほどにまた削る歌は歌なりペン握りしむ

妻がいま試歩をつづける血の流れ肺のふくらむ音の華やぐ

光彩をむやみに飛ばす黒揚羽、さあどうするの不倫ひそまむ

濃い霧に隈無く探す行き摩りの妖気のうごきひもとくごとし

翳し合う女犯の人ら知るよしもこの現実をモナ・リザの笑む

半醒

抽き出しの告げたい声がその遥か青い色紙の　海を見に行く

抽き出しの低く呻いて見よかしの苛むが解けて千羽鶴出づ

稲妻に枝張り耐える白樺の小さな根元踏みまどうわれ

朝からの鯨肉おさおさ食べ過ぎて夕べに声の凜とひびかす

手のひらを迎えるかたち光芒を的のごとくに向き合い歩く

ひとはみな何かを背負いその何かひとの嘲笑《わら》いを原点とせり

サングラスかけて見る世の日のかげり論点ずれる輪廻とやらを

実体は生きてなんぼの半醒の舌はレモンを率直に吸う

平和の荷駄

なかんずく時のすさびに精を出して牽くぞ重たい平和の荷駄を
信頼の二字がもしやにどの国もうつつのもろさ知っておかねば

平和こそがんばらなくては杞憂とな攻めを窺う国のあるやに

斯く斯くの世論の覚醒いかばかり透視の平和流離してゆく

瞬く間、祈りを込めて手のひらに伏せ字のごとく平和をしるす

本気より嘘の語感のひびきよくバウムクーヘン切られ安らぐ

フルカウントの地球時間にほころびの縫い繕うも虫喰いもある

解説　男の人生、男の姿

藤原龍一郎

『月華の濤』は三浦利晴の二冊目の歌集である。通読した読者にはわかってもらえるだろうが、父母、子ども、妻といった親族への思いや、北海道の自然との共生の姿が詠われている。といっても、単なる写実の手法ではなく、さまざまな比喩や口語を含めた柔軟な修辞を駆使した個性的な作品が並んでいる。感覚的な言い方になるが、男っぽい文体が持ち味となっている。

たとえば、「回想」という母を詠った一連がある。

母いわく思い入れつよく十五夜にお前を産んだ、自信たっぷり
胸水の溜る喘ぎの息づかい酸素マスクを母またはずす
臨終の目許すがしく母はいまあらんかぎりに雪を見ていた
最後までよく頑張ったねとひとこえを母の額に手のひらを置く
家路へと雪のわだちに急くがまま母の亡骸ぬくもり放つ
死ぬことは簡潔あらず長寿とや明治生まれの母のことだま

角巻きに顔を埋めての母が来る、なれど去りゆく夢のなかにて
明治より脚本なしに納まりて怖いことなど母になかった
逝きしより十七年経ちし母、存命ならば百十歳の

母の臨終を詠いながら、その母のやさしくたくましい佇まいをも表現しえている。作者のプライベートな事情にふれておくと、三浦利晴は十五歳の時に父を喪う。残されたのは母と四人の妹。おそらく母と唯一の男子の作者が、その後の生活を支え、四人の妹を成人させたということは推測できる。この母とは生活の維持と家族の育成ということで、同志的な感情の結束があったのだと思える。掲出の最後の歌から見れば、母は九十代半ば近くまでの長命であったようだ。これらの歌は息子から母へ捧げる短歌として、感情の入り方がとても濃密なように思える。それゆえに表現の屹立度合が強靭である。

舞い散りし枯葉また降る廃鉱の身捨つるほどの空を見ている

閃ける雷にかまわず廃鉱のうすい冷気が曲らずのぼる

廃鉱の月下にありて熊笹の見ろ恥辱のごとくかがやく

炭鉱《やま》跡の静まりここにややましてて炭坑節を不気味にうたう

閉山の記憶のずれがあとさきに怪我が証しの痕を見せ合う

どの貌も嘘のつけない元坑夫　詮無いものを呱々の声上ぐ

三浦利晴の第一歌集『夜明けの雷雨』の細井剛氏の解説によると、作者は二十年間、住友石炭鉱業に勤務していたそうだ。掲出歌はその鉱山勤務時代のことを改装した作品であろう。前半の三首は「廃鉱」という一連から。この三首に共通するのは、回想の甘さが一切ないこと。具体的な事実は述べられていないが、どの歌にも強い感情の流れが存在しているように思える。「身捨つるほどの空」や「うすい冷気が曲らずのぼる」や「恥辱のごとくかがやく」といった表現には、うかがい知れない思いの渦がある。

後半の三首は「炭鉱跡」と題された十首のうちからの引用。この一連は、かつての鉱山労働の仲間たちが、久しぶりに集まった時のことを詠んでいるようだ。しかし、ここにも同志的な感傷などはない。実はこの一連の最後の二首は「また会えておもい見るかな別れ際、俺は帰るよきっぱりと言う」、「まだ生きる生かしめたまえ今生の別れのごとくわれは手を振る」である。俗っぽく言えば、とてもクールでハードボイルドの主人公のセリフのようである。要はこのクールさ、男っぽさが歌人三浦利晴の個性であり、持ち味なのである。喜怒哀楽を詠う短歌で、哀を詠う歌人は多いし、実際に悲哀、悲傷を詠った秀歌は多いのだが、この三浦利晴のように、静かな怒りを底流させた短歌というのは少ない。もちろんすべてが、怒の歌というわけではないが、クールさと男っぽい感情の流れは、大半の歌に共通している。

この後は連作等々にこだわらず、歌集の中から私が特に心魅かれた作品を引いて、感想を書いてみる。

かざし見る月華の濤に望郷の透けゆく水のごとき過去あり

すっぱりと斬れば途端に青蕗の溜めたいのちの水を奔らす
安保法、言葉の上に言葉なくしっかりウエスト締めて立ちなよ
いっぺんに捲れあがって此処彼処もみじ燃えたつ火の匂いする
身はよじりやおらのけぞる老い鹿の雪庇もろとも落下していく
誰と誰きわまるところ死はそこに菜花手向けて瞑目をせり

一首目は歌集の題名である月華の濤が詠み込まれている。月華とは月の光のこと。月光の射す濤頭を見ながら、棄てて来た故郷を思っているのか。「水のごとき過去」という比喩には単なる懐かしさだけではない屈折が感じられる。

二首目は自然の青蕗の生命力の力強さを詠っている。「溜めたいのちの水を奔らす」という下の句には命への驚きと賛美が込められている。同様のテーマの歌に次のものがある。「根元よりキャベツを切れば嗚呼水がまこと清らか翳りもあらず」。ここにも植物から迸る水の生命力への賛歌がある。これが、三浦利晴の命、生命への基本認識なのだ。

次の歌は一種の時事詠である。安保法案の強行採決が念頭にあるのだろう。「しっかりウエスト締めて立ちなよ」に、声高に反対の意思表示をするのとは異なるおとなの自恃がある。

次の歌は降り積もったもみじの葉が燃え上がる一瞬を映像的にとらえて見せている。上の句の「いっぺんに捲れあがって此処彼処」の迫力に作者の感情が重なっている。

次の老いた鹿の歌は北海道ならではの自然詠。一首全体に迫力が漲っている。この鹿の姿にも自己投影があることは言うまでもないだろう。

そして最後の一首。一人の男の人生においての同志、忘れ難い人々への鎮魂の歌である。瞑目する眼裏によみがえるのは何人の面影であろうか。

これらの歌は、長い人生を丁寧に誠実に生き抜いて来た歌人の真情が骨格となって成立している。月華の濤なる一巻の題名もまた、激しい風雪を通過して来た者のみが見られる自然の一相ではないか。読者はそこに投影される男の姿を凝視してほしい。

あとがき

『月華の濤』は私の第二歌集であります。

二〇〇三年以降の「短歌人」の作品の中から四五五首を自選し、ほぼ主題別に収載しました。

歳時は人を待たずとの意味合いから、この世の変遷にどう向き合うかはあまり深く考えず、成否を運にまかせてやるしかない。つまり、出たとこ勝負をキープして柔軟に、生きていくのに越したことはないと思います。

なぜ歌うかと問われたら、なぜ生きるかと同じこと、私に重くのしかかってきます。抱負は確かにあるにはありますが、考えてみますと私は高齢者です。身も心もあらかたすり減ってしまいエネルギーは極わずか、いかに歳時に向けて有効な一首をものにするかは、詠んでは作り、作っては詠むことの結果しかないと思います。そして、願わくは麻のようなつよい風合を持ったこれぞという一首を物にしたい。顧みて、短歌は私にとって掛替えのない人生の「相棒」であります。今後もその気概を忘れず短歌をつづけることを強調したい。

　短歌を通して、共に敬い共に導かれ、そして、さまざまなお力添えをいただいた「短歌人」の皆様ありがとうございます。

　藤原龍一郎さんに解説の執筆をしていただきましたこと、身に余る喜びと併せて、何にも増して光栄に存じます。二〇〇五年より作品を見ていただいておりますが、このたびも有意義なご助言をたまわり深甚な謝意を表する次第です。

　懇切丁寧に、しかも、細やかに打ち合せをしていただき、歌集出版の労を執って下さった六花書林の宇田川寛之さん、誠にありがとうございます。現代的感覚の素晴しい装幀をして下さった真田幸治さんありがとうございます。

　御蔭を持ちまして第二歌集を手にすることに感謝申し上げます。

二〇二〇年三月二十二日

三浦利晴

月華《げっか》の濤《なみ》

2020年6月5日 初版発行

著 者──三浦利晴
〒061-3284
北海道石狩市花畔4条1丁目158

発行者──宇田川寛之

発行所──六花書林
〒170-0005
東京都豊島区南大塚3-24-10-1A
電話 03-5949-6307
FAX 03-6912-7595

発売──開発社
〒103-0023
東京都中央区日本橋本町1-4-9 ミヤギ日本橋ビル8階
電話 03-5205-0211
FAX 03-5205-2516

印刷──相良整版印刷

製本──仲佐製本

© Toshiharu Miura 2020 Printed in Japan
定価はカバーに表示してあります
ISBN978-4-910181-05-9 C0092